JN108974

U g o k a n a i t o k e

動かない時計

鈴木順子川柳句集

Suzuki Junko
SENRYU
Collection

新葉館出版

目次

川柳句集

動かない時計

今日は今日
——平成30年

バカヤローだったな華の大都会

1月

幾人の手と手渡って来たコイン

2月

さり気ないハグに救われたなあの日

3月

4月

あれからは明日へ延ばす事をやめ
杞憂だとわかり安堵の茶の旨さ

5月

靴だけが今日の不首尾に耐えてくれ

あの時の手間がようやく実を結ぶ
そんな甘い話と思いつつ堕ちる
華やぎから覚めて洗濯機を回す

6月

雨漏りをさせてはならぬ屋根の自負
探し物またポケットに笑われる
七変化できる女になりました

どうしよう息が詰まってきたふたり
頼もしく眺めています反抗期
薫風に乗せてあげましょ志

7月

親戚を拝み倒してした工面
僅かずつ視界は濁るけど達者
道草を叱る母の目にも涙

8月

追いかけてはならぬ姿を焼きつける
何時だってアイツが噛むとややこしい
充分に豊かなはずなのに荒ぶ

9月

知らぬ間に地雷踏んだか子の謀反
形ある物は壊れる涙拭く
まだ残る温さに感謝して座る

朝顔も許しなさいとポッと咲く

鱗一枚剥げたら見えてきた世間

世話になり拝んでばかりいる負い目

巡礼や先祖の加護に今やっと
大方は無駄になるのに親心
母の越えた坂をしみじみ里帰り

10月

一服をしたら越えよう明日が待つ
身に覚えあって一瞬凍りつく
解凍をされては困りますあの日

夫婦橋少し気になる現在地

今日は今日胃の腑を洗うように酒

母さんの哀楽を知る褪せた紐

11月

漂うておりますす涙など捨てて
寝返りもありなんですね薄情け
反抗期の跡が残っている扉

辛かっただろう背中をひしと抱く
方便の限りも使い果たす闇
百薬の長に命を盗まれる

12月

刺し違え覚悟で来たという眼
後を追う子を振り切ってきた事実
ここからは獣道だという誘い

ライバルより少し優しい眉を引く
一言の謎が解けずに夜が白む
その意地は大事にしろと師の教え

あのときの顔
――平成31年

此処までかなと掌をジッと見る
無人駅一夜の恩が褪せず住む
器量良しと言われた頃もありました

1月

髭剃ったくらいで許してはならぬ

父の血を継いだ息子の先憂う

音に聞く人も人の子ドジを踏む

利用されるうちが華です参ります
明日ではいけませんかと言う勇気
今日よりも若い私が待つ明日

2月

しっかりと心に蓋をする別離
明日なら空いていたのにねと機転
ダイヤモンドに負けぬ笑顔で渡り合う

しっかりと掴んだものは空でした
三日天下だってほくほくしてみたい
これは戦だ心腹をさらけ出す

3月

母の言うルーツがどうもきな臭い
おはようで始まる朝を信じたい
そうでした金は天下の回り物

大丈夫朝が何とかしてくれる
一服をしたら再び挑みます
口約束やっと御恩が返せます

ある日ふと桜に殺意抱く失意
術もなく寄り添うだけの日日である
憎むには寝顔があまりにも素直

4月

生きている証拠と傷口をつつく
あの時の顔が本心だと思う
笑顔にもいろいろあって母の勘

以下同文なんて詰まらぬ抜きん出る

清廉潔白よりも謎ある君が好き

顔立ちは悪くないねと言う他人

目覚めたら——令和元年

裏表あってもいいんです心
おんなじだよと半分くれたけど違う
泣くことも愚痴もならずに日が暮れる

5月

合鍵が欲しいと思う子の心
シーソーゲーム母はやっぱり負け上手
ふらり来てすうっと帰りはりました

笑えない欲に転んだ後ろ影
雑踏の中でも君を聞き分ける
あべこべと思うけれども騒がない

6月

とは言うがやがて要となる器量
ゼロになるただそれだけの事じゃない
はらはらかポトリか散り方を惑う

泣きもせず後追いもせず別れた日

リリーフは必要ないと言う眼

風評の消えるのを待つ膝小僧

7月

音の鳴る方へついつい足が向く
盛り付けのパセリは位置をわきまえる
諦める事はないよと言う明日

事ここに来てまだ気にかかる世間体
目覚めたらこの世であって欲しい明日
自動ドアほんにあんたはお人好し

8月

心地好い風に悩みが小さくなる
口笛を吹いて出掛けてそれっきり
生き様を鏡は容赦なく映す

9月

あの時は母港に見えた蜃気楼

ジャンプ傘わたしの父はお人好し

ずぶ濡れのあの日があってこその今

憎んでもいいんですよと素っ気ない

一病息災そんな話題も月の宴

暁が見えてきました志

10月

尽くしきったつもりでいたが悔い数多
逆縁はごめん八百万の神へ
あの人は便利と心ない噂

先生と言われてらしくなっていく
人情の知ったからには放っとけぬ
その男注意巧みな嘘をつく

11月

人たらしの噂も武器にして生きる
酌み交わした酒にまさかの落とし穴
この道しかないと思った若かった

もう五分待ってみるかと温和な眼
賑やかになるわの声も弾んでる
必要な月日だったか日記帳

12月

名優になろう生き上手になろう
首縦に振った昨日に縛られる
発奮をさせねばならぬ言霊よ

笑いたくなったアンタに逢いに行く
かさぶたは取れたが疼き残る過去
真実は一つメイクは許されぬ

涙の味

令和2年

合鍵を捨てて記念日一つ消す
記念樹が繁る未来を疑わず
花びらをむしる私の分岐点

1月

騒いだら負けるじっくり腰据える
ようこその声に弾んで新天地
めりはりの深紅纏っていざ行かん

2月

てんてこ舞いしながら今日を積み上げる
明日になれば風も変わるよその話
あれもこれもプラスに変えていく笑顔

すれ違いばかり親子の深情け
あいまいで良かった事をお節介
畦道を歩けば祖父がよみがえる

3月

応答の未だ大人になり切れぬ

回転木馬母の笑み父の笑み

血の巡り悪い男は振り払う

4月

ひと日とて同じ日はない新しい
思い通りに編めないものね人生譜
逃げ足の早さで頼まれた使い

5月

大丈夫と思う先から綻びる
案外と上手くいくものです不意も
朝顔の咲く瞬間を子と共に

昨日へは逆立ちしても戻れない

温度差が妻と娘にある看取り

真っ先に来て辛口の助け舟

6月

ありがたいまだ追い風の中にいる

肩揉んでもらう甘えることにする

爪を切るだけにも母は涙する

7月

新鮮な朝をいただく深呼吸
だとしてもたじろぐことはない空気
このままでよい訳はない深呼吸

嘘ひとつ身動き出来ぬようになる

泣いて知る涙に味のある事を

泥だんごに花びら添えた子が背く

8月

凝りもせず絆を言うてくる無心
将来へ線の細さが気にかかる
気配りを素直に受けて立ち上がる

反省点箇条書きして立ち上がる

寝汗かく私は何も悪くない

油断した方が悪いと言う浅瀬

9月

諦めた訳ではないわゼロ地点
それはそれで悪くなかったです誤解
頼まれてなくても担ぎたい笑顔

サンドイッチ今朝の気分の具を入れる

歳月よみんな許せた事ばかり

借りのある駅を数えつＵターン

名工は釘の主張も聞いてやる
錯覚のおかげか今日が無事に暮れ
眼差しと声のトーンで読む心

10月

病む娘も私も明日は判らない
欲張るな今日という日はおまけです
憑き物が落ちたようです笑み戻る

そうでしたどの子も皆んな守り神
親よりも先に病む子にあたふたと
百歳になっても母は子を思う

大人気ない事を言わせる古い傷
空仰ぐことも忘れていた介護
癒やされた頃もあったになあ　お酒

11月

見下していたから腹が立つのです
君と見た虹が今でも拠り所
風少し入れて私を取り戻す

寄り付きもしない息子が夢に立つ

一つずつ役目を果たし仰ぐ空

見逃したたかがが致命傷となる

12月

良くも悪くも父に似た子の幸願う
逆転の経験があり諦めぬ
間違ってなかったようだ本閉じる

菜の花

――令和3年

念願の椅子に画びょうが二つ三つ

腹の立つ事の多さよ骨肉よ

あの時のわたしが夢に立つ夜明け

1月

お守りの末吉恋の応援歌

苦労など書きたくないと渋るペン

ああ悟り日がな一日腹が立つ

そんなんは自己満足と憎らしい
非情だと思った人の深い慈悲
行いは巡るやっぱりつけぬ嘘

2月

初めてがまだまだたんと待つ明日
ふた心あるのは承知しています
子も金も握り過ぎるとそっぽ向く

どうでもよくなった浮世の雑多事
他人には無理をするなと言えるけど
売り言葉心が寒くなるばかり

3月

渡り切る覚悟あるかと丸木橋
床柱明日は他人の手に渡る
気落ちしたことは内緒にしといてね

4月

意外ではないですこれが事実です
そこまでのきっちり誰も問うてない
これしきに何で緩むか涙腺よ

菜の花が咲いて昔を蒸し返す
裏表あって当然です生きる
何気ない一言でしたのよ軋み

鬼で上等憎まれ役を買って出る
盛り土の加減祖父には敵わない
その件は相槌だけで済みました

5月

骨折れることも我が子であればこそ
厄介な心やり直しを嫌う
五分五分の事をそうそう憂えるな

6月

この道で間違いないですか定め
乱心をせぬようプライドは捨てた
思い出のあの日この日をふつふつと

商魂の群がる蟻をジッと見る

まだ親子続けられてる無事でいる

トラの尾を踏むを怖れず先駆ける

7月

気休めと思うけれども墓参り

担ぐ荷があるから心リズミカル

再生はどうせ無理よと世間の目

真っ当な戦じゃないな一抜ける

待ち針の方が役立ちますと愚痴

風船のような男で放っとけぬ

8月

もう二度と後味悪いことはせぬ
あの母が飯をボロボロこぼしだす
陰口は言うまい二度と来ない今日

泣いて笑ってやっぱり家族有り難い
母にだけ虫の知らせがある家族
一人の思いで降りていく下山

9月

騙せたとお思いでしょうけど尻尾

どこまでがほんとか嘘か子の話

絆とや欠点ばかり連鎖する

大丈夫なはずだ愛して育てた子
ジンクスを蹴破る事にした夜明け
受け皿を探す途方もない行脚

10月

親心届かぬはずがあるものか

先に逝った者勝ち夫婦して笑う

気苦労をさせてもらえる幸もある

11月

優しいねって外面を褒められる
時々は裸踊りもして生きる
近道はやめなさいよと時の声

親不孝重ねられても愛おしい
小康が明日も続きますように
さあ動く思うばかりじゃ進まない

12月

厄介と思う絆も時に糧
決断を見誤らせるのも絆
悪足掻きだってするわさ人だもの

動かない時計

――令和4年

極楽も地獄も見せてくれた酒
尖りたい時もあるわさ目を瞑る
それぞれの事情折り合いつけ生きる

1月

来る気などなかったなどと減らず口
笑み戻るまでを親子の持久戦
嘆く程の事でもないとふと醒める

母さんにやるよと動かない時計
時時はアンテナ低くする余裕
裁断を間違えたけど個性的

2月

水入らずの正月あれは幻か
まさかではない現実をいかんせん
筒抜けで良いではないか皆仲間

3月

永らえてひと日ひと日が恩返し
人生の長くは続かない至福
この空気の中に息子も生きている

天命と破顔一笑して越える

仏壇の吾子と一献して眠る

帳消しにしたい事あり紅を買う

4月

娑婆の苦に解き放たれたように逝く

あれもこれも後の祭りになった今

交渉へマラソン覚悟して挑む

あるがまま生きて先手は打たぬ主義
ありがとうと言えばよかったなあ　あの日
わたしくが常に問われている自由

受け入れて生きる私の変化点
試すほどの事もなかろう却下する
競っているうちが華だったねポスト

もう仕事忘れなさいと夜が言う
まだ使える奴だと神に酷使され
繰り言の何を言っても還らぬ子

5月

良い作品を詠もう亡き子に恥じぬよう
簡単に越えた訳ではない節目
一瞬に壊れるものと知る平和

薄情の何が悪いのよと睨む
もう居ない兄に嫉妬をする妹
受け皿のひび割れがもう直せない

6月

想定外ばかりしんどくなってきた
雑学の伊達に遊んでないセンス
坂の上あまり期待をせぬように

7月

手を繋ぐただそれだけが出来ません
何でもない一言でした割り切れる
どうやって割り切りましょう奇数です

憧れの君にも裏の顔がある

如何ともしがたいものに器の差

くどいのは承知嫌われるも承知

無念ではあるが諦めてはいない

由来など聞いてどうする今は今

財布さえ忘れなければいい旅行

8月

9月

収まるところに収まって今日の雨

とは言うが人それぞれに持つ矜恃

生き馬の目を抜く家業にも疲れ

10月

足元を見透かされてもいい家業
親だものいつかいつかを期待する
たじろいだ振りでこの場を切り抜ける

約束があって明日も生きられる
逆縁の有情世間や十三夜
あの時の喝があっての現在地

11月

因果だなと人の事ならよく解る

吉報を必ず朝が連れて来る

楽しんで生きると決めたもう泣かぬ

お陰さまお互いさまと生きてます
祖父母らに会えただろうか吾子たちは
たった一度の狡が一生まといつく

どうしても今日と言うから来てみれば
必ずの口約束と更けていく
何度でも繕うプライドは大事

12月

四六時中子に守られている果報

また仕事考えているアホな脳

百折を乗り越え深みある笑顔

繰り返してはならぬ起因に遡る
飛び魚が跳ねてた島を出たあの日
これからへ見ない振りなど出来ません

娘からもう届かないプレゼント

ひととせよ風来坊は帰らない

間引きした青菜に人の世を重ね

気兼ねせず飲んでいるかな時分時

涙を流すただそれだけが出来ません

明日がある此処は黙して語るまい

一周忌こんなに集う血の温さ
お蔭さま絆に支えられ生きる
自力ではなかった今日までのルート

着陸してみようか笑い声がする

当時を振り返って

令和4年の初ブログに

　私には忙中閑に要らぬ心配事ばかり考える悪い癖があり、今年はなるようにしかならない事に杞憂することを止めよう、それを直すために「ありがとう」を口ずさむことを心掛けようと今のところ思っています。はてさて何日続くことか…（笑）と書きました。

　年末に購入した本の中に、
「結論的な話からしましょう。現在ある言葉の中で、最高の影響力を持った言葉は『ありがとう』の五文字でしょう。」
という一文を見つけました。

2月7日・8日のダイヘンロボット受講に申し込み、それを励みにしていた息子に、突然アクシデントが起きてしまいました。

幸いにも一命は取りとめましたが、医師の説明は、息子の命は今日明日が山で、乗り越えても意識が戻らないだろう…でした。何としてでも助けてください、とお願いして病院から帰ってきました。

帰宅して、仏壇の前に座り、父にも姑にも「どうか息子を連れて行かないで、私に帰して」とお願いしました。お経を唱えている時に、ふと、皆に「ありがとう」の一声をお願いしようと思いました。

で、ここに入力している途中に、家のヒューズが飛びました。

そんなことをお願いするのはいかんという事だったんだなぁ、と思いながら心の中で「ありがとう」を繰り返しながら洗濯物を畳んでいたら、三女が私の傍に来て、「『ありがとう』を言うんだよ」と婿が言ったという。

やっぱり素直になろう。皆にお願いしようと…、また書きはじめています。

どうか、このブログに気付かれた方々にお願いします。

一声でいいです、「ありがとう」で私の息子を目覚めさせてください。命を救ってください。お願いいたします。

息子は今年、年男です。生きて2月18日には48歳になるのです。

ありがとう。ありがとう。ありがとう。ありがとう。ありがとう。


（令和4年1月20日記）

「ありがとう」をありがとうございました

19日に倒れた息子は、21日午前6時38分に47歳の生涯をとじました。

みなさんに「ありがとう」の励みの言葉をたくさん、たくさん、いただいたおかげで、息子は発見された時すでに99％脳死状態だったそうですが、医師に手術をしていただき、コロナ禍のなかで面会が自由に出来ないのに、わずかな時間でしたが、19日は集中治療室での呼びかけにも応え、20日のリモート面会での呼びかけにも応えてくれました。

特に20日、名古屋がんセンターに入院中の長女が、スマホから「厚司、お姉ちゃんだよ、お姉ちゃんは24日には退院するから、そしたら直ぐに会いに行くから、それまでに厚司は元気になるんだよ」と呼びかけをした時には、あの小さなスマホから、長女にもはっきりとわかる程の目の動きで応えてくれました。

一度は家業を離れていた息子が、もう一度後継者としてもどった時には「お母さん、3年待ってくれな、そしたら、お母さんが好きな川柳が出来るようにしてやるからな」と言ったのに…約束を破られてしまいました。

でも、今ここで私が泣いてばかりいては、息子は安心して天国へは、亡父の所へは行けない。今ここで私が家業を止めてはいけない…、川柳も止めてはいけない。息子に「俺の所為で…」とだけは思わせたくない。

忌が明けて、息子が仏さまになる時に、天国で待っている亡父に、あれからの事を笑顔で報告できるように、辛くなったら「ありがとう」を繰り返し、19日以前の私に戻ります。父と息子に見守られている…、私ほどの幸せ者はいないです。

みなさん、息子へのたくさんの「ありがとう」をありがとうございました。

（令和4年1月25日記）

神様から預からせていただいた3人目の子ども逝く

昭和52年7月23日（私が28歳）に、7歳の次女を亡くした時、町内の同じ組の方が見えて、「7歳までの子供は神様の預かり子、あなたは、徳の高い子を神様から預かりお返ししたんだよ。輪廻転生といって、人はこの世へ7回生を享ける。子供さんは7回目、この世への最後の生を受けて全うされたのよ。お母さんがいつまでも悲しんでいたら、徳の高い娘さんが、お母さんが心配で先に進めない」と慰めてくれました。

それからの私は「南無阿彌陀仏」とともに「実相円満完全」（人の本来の姿は円満で完全である）を仏壇の前だけでなく、車で信号待ちの間なんかにも口遊むようになりました。次女に見守られて、その後の人生の苦難を乗り越えてきました。

令和2年7月、長女にがんが見つかった時には、膵がんが既に肺に転移してステージⅣでした。手術も出来ず、頼りは抗癌剤だけでした。

今年の3月まで60回余の抗癌剤治療をしました。もう胸にあけたポートは点滴を受け付けてくれなくなって、飲む抗癌剤に切り替えました。4週間飲んで2週間休む。次の時には、長女の体は飲む抗癌剤治療をするための数値に達しなくなって…「来週にしましょう」を何回か繰り返しましたが、数値は達せず、治療の全てを卒業（変かな？）しました。

緩和病棟に入院するか、家で介護看取りをするか。入院すると、コロナ禍なので面会時間が限られ、面会人も限られる、とのことでした。

長女ばかりでなく、家族の皆が長女と一緒に居たくて、介護看取りに決めました。心臓マッサージもしない、救急車も呼ばない。8月4日に退院してからは、5日と9日以外は、長女と共に過ごしました。8日に見えた医師に「あとどれくらいですか？」と聞くと「4日は…」という回答でした。

夕方に見えた看護師が、長女の娘（初孫）と私に「先生はどう言われましたか」と聞く。「後4日は…と言われました」と答えると「間違いないでしょう、急変すると2時間ということもあります。コロナ禍ですが、会わしたい人、会いたい人がいたら会わせてやってください」と。

10日、三女が姉のスマホから、長女が豊橋に来る度に会っている方へ連絡。高校時代の陸上部の方にも連絡。連絡網がしっかりしていて、何でも長女はお世話係(仕切り屋さん)が好きだったらしく、11日から14日までに2、3人ずつ、15名もの方が会いに来てくれました。新幹線のぞみを使って会いに来てくれた方が3人もいました。

私が「みさちゃん、誰かわかる?」と言うと「〇〇さん」と答える。皆さん手を握って「今はしっかり休んで、赤ちゃん(長女にとって初孫)の生まれる日(11月22日)までには元気になるのよ」と励ましてくれました。

帰りには長女から「来てくれて、ありがとう、バイバイ、またね」と言えるほど、気はしっかりしていましたが、8月15日11時13分に息を引き取りました。

痛がりもせず、苦しみもせずに長女はこの世を卒業しました。

13日に、長女が思いがけない曲、ザ・キング・トーンズの「グッド・ナイト・ベイビー」を口遊む。「歌いたかったけど音が高くて歌えなかった」と言う。ユーチューブでその曲を流すと、次に「世良公則」と一言。カムカムエヴリバディで世良公則が歌った曲や藤井フミヤの曲を流す。部屋は素敵なジャズ喫茶に変身。三女が「お姉ちゃん、何が聞きたい？」と言うと「ノクターン」と答える。それからは、三女が姉がピアノで弾いた曲やよく歌った曲等々を流すと、長女は「いい雰囲気ねえ」と言う。

54年の長女の人生で、最後に神様はどの時代に帰らせてくれるのだろうか、幸せな時代であって欲しいと願っていたので、こんなに嬉しくて幸せな時間はなかったです。

眠り続ける長女に時々「グッド・ナイト・ベイビー」や「ノクターン」等々の曲を流し、皆で歌ったりしました。

これからの私は、頑張り屋さんで親に似ずしっかり者だった長女に、気丈だった長女に見守られる事になります。私ほどの幸せ者はいないと思います。

陰で応援してくださっていた、多くの川柳仲間の皆さんへ、ありがとうございました。

ただただ思いつくままに。順子

（令和4年8月16日記）

あとがき

私の財布の中には、昭和45年に生まれた次女の七五三（7歳）祝いに豊川市内にある戸鹿神社境内で、私の父と長女と次女と長男の四人が写った色褪せた写真が入れてある。

次女とのこの世での縁が短いという予知もなく、暮らし向きも豊かではなかったはずなのに、夫の写真機とは別に、次女の七五三の祝いは写真館に出向いて親子5人で撮っている。

昭和52年7月、次女は亡くなった。

次女の一周忌を何とか終えた秋に、数人の頭を務めていた父が、親方から「娘（私）を連れて来い、独立させてやる」と言われたという。

1年が過ぎても夢遊病者状態の私に、次女が「お母さん、泣くのはやめなさい、生きなさい」とエールをくれた。そう信じて私は父と起業した。

次女を亡くしてから10年後に三女が生まれ、失意の家に光明が差してきた。長女も長男も、歳の離れた妹の世話に懸命だった。父はといえば、まだ0歳の三女を飲み屋に連れ歩く始末。家業は夫と私の肩に乗っかって行ったが、親子三代満ち足りた歳月を過ごし、父は平成19年に77歳で生涯を終えた。

夫と二人三脚していた家業に、長女が平成27年から加わった。平成30年には長男も戻ってきた。「お母さん3年待ってくれな。そしたら、お母さんが川柳出来るようにしてやるからな」という頼もしい言葉と共に。

令和2年、長女にがんが見つかった。すい臓がんが肺に転移してステージⅣという。

長女は気丈で（3人の娘たちが大学を卒業するまでは死ねぬ）と思っていたのか、令和4年の正月も皆で祝うことが出来た。

1月2日には長男の家に姪っ子たち（長女の娘たち）が集い、長女との思い出話をした。その日、長男が「これ、おじいちゃんに貰ったんだよ」と私に亡父の腕時計を見せてくれた。そして「俺はもう要らないから母さんにやるよ」と言った。

1月19日、長男が突然倒れた。手術もしてもらったが、21日に亡くなった。

仕事を終え、帰宅する車中では涙があふれてきたが、昼間の私は「私って、前世でよっぽど自由奔放に生きたんだね。だから今世では逆縁という試練に遭うんだね」と笑い飛ばしていた。財布の中に入れてある写真に「風と共に去りぬ」の中のスカーレット・オハラの名言――神様　お聞きください　私はこの大いなる試練に決して負けません　家族に二度とひもじい思いはさせません　きっと　生き抜いてみせます――が加わった。

長女の身体は、末娘の大学卒業を待ちかねていたかのように衰弱していき、抗がん剤を受け付けなくなった。

8月15日、長女は亡くなった。

9月中旬過ぎだったと思うが、番傘川柳本社田中新一主幹から「なんで知らせてくれなかったんだ」と電話があった。胸の中に蓋をしていたものが一気に吹き出して、「私が一体何をしたというのよ…」と私は我がままの限りを吐いた。新一主幹は黙って聞いてくれた後、「順子、川柳を作れ、川柳で泣け」と言った。

　そっと見守っているだけでは「鈴木順子」は立ち上がれなくなる。選者の機会を与えてやらないと…と思う諸先輩方の叱咤激励（笑）のお陰で、私はやっと親子で家業が出来るという事は稀で、私ほどの幸せな母親はいないと実感することができた。ありがとうございます。

　長男の一周忌を過ぎた頃から「親子の喜怒哀楽」を一冊に纏めたい、遺したいという思いが強くなった。何としても長女の一周忌には刊行したいと…。

　これから先も私は多くのご縁に感謝しながら家業と川柳と二兎を追い続けて参ります。どちらも大事で天秤になど掛けられない思いは今も変わりません。

令和五年七月

鈴木　順子

【著者略歴】
鈴木　順子(すずき・じゅんこ)

昭和24年　鹿児島県西之表市(種子島)生まれ
平成２年１月　豊橋番傘川柳会同人
平成５年１月　番傘川柳本社同人
平成18年１月より　『川柳豊橋番傘』誌編集人
平成22年９月　川柳句集「夜明け前」発刊
平成23年10月　第１川柳句集『夜明け前』で、第21回 ちぎり文学賞(東愛知新聞社主催)最優秀賞受賞
平成25年１月　豊橋番傘川柳会会長就任 番傘川柳本社東海総局副総局長
平成28年２月　川柳句集「目覚まし時計」発刊 愛知川柳作家協会副会長就任
平成29年５月　番傘川柳本社幹事同人
平成30年11月　「川柳作家ベストコレクション 鈴木順子」発刊

動かない時計

○

令和５年７月30日　初版発行

著　者
鈴　木　順　子

発行人
松　岡　恭　子

発行所
新　葉　館　出　版

大阪市東成区玉津１丁目9-16 4F　〒537-0023
TEL06-4259-3777 FAX06-4259-3888
http://shinyokan.jp/

印刷所
株式会社太洋社

○

定価はカバーに表示してあります。

ISBN978-4-8237-1088-9